청어詩人選 175

아내의 대지

김도성 시집

도서출판 청어

시인의 말

누군가를 좋아한다고 말할 때,
"하늘만큼 땅만큼"
두 팔을 크게 벌려 대답하던 때가 있었습니다.
간병하는 아내에게 바다와 하늘에 이어
이번에는 땅에 속한 '대지'를 이식해 주었습니다.
아픈 아내가 마음으로나마 조금은 위로가 되었기를 바랍니다.
애면글면 날마다 쓴다고는 하지만, 시 쓰기는 여전히 어렵습니다.
'이미 시적인 것은 시가 아니다'란 말조차도 어렵습니다.
서각(書刻)에 혼을 심어 글자를 새기듯 썼지만,
시 쓰기는 그리 녹록한 게 아니었습니다.
불안정한 현실과
불균형의 아내와
불완전한 나의 글쓰기를 위해
더 열심히 공부하며 쓰겠습니다.
내 인생의 제목이 되어준 아내와 세 딸들, 그리고 손자, 손녀 가족들.
늘 애정 어린 눈길로 지켜봐 주시는 모든 분들에게 고마움을 전합니다.
감사합니다!
부족한 시에 정성어린 해설을 써주신 윤형돈 시인에게 감사드립니다.

2019년 봄
무봉 김도성 올림

차례

5 시인의 말

1부 신성불가침

10 비밀정원
11 고백
12 고무신
13 곰방대
14 가시를 품은 꽃
15 꽃은 꽃이로되
16 다시 쓰는 연서(戀書)
17 신성불가침
18 눈물 만두
19 못 된 놈
20 수원 평화의 비(碑)
21 손자걱정
22 할머니의 계급장
23 우린 그렇게 좋아 했다
24 내가 잘했던 일(天幸)
26 바람에 흔들리는 꽃잎처럼
27 007 사랑
28 떠날 때는 말없이

2부 적진에 깃대를 꽂고

30 씨(種)의 서사
32 가시선인장 꽃
33 겨울 달
34 황톳길
35 동박새
36 붉은 동백
37 적과의 동침
38 중매쟁이
39 파김치
40 적진에 깃대를 꽂고
41 꽃 사월의 별
42 가구리 617번지
43 봄바람을 봐나 봄
44 아이코! 고마워라
45 봄날
46 남편의 자리
47 경험의 스승
48 詩人의 아내
50 詩
51 여승

3부 城은 생명의 문

54 둥지
55 엄마, 엄마 울 엄마
56 씨(種)의 서사 2
58 아내의 바다
60 첨밀밀
61 겨울 지나 봄

62 城은 생명의 문
63 2인 5각
64 밤에 홀로 먹는 밥
65 시인의 아내 2
66 육지고도
67 전과자
68 내장산 기차
69 아버지 가슴에 기차가 있어요
70 아내 걱정
71 예고 없이 찾아오는 것들
72 무지개
73 노각
74 유년(幼年) 기행

4부 밀물처럼 썰물처럼

76 파종(播種)
77 가시나
78 자연인
79 사춘기
80 옥수수
81 아내의 하늘
82 개 같은 날의 산책
83 마지막 7월의 여명
84 여름밤에 뒤뚱거리다
85 기다림
86 누룽지
88 소라의 함성
90 촛농
91 집터
92 밀물처럼 썰물처럼
94 사춘기 2
95 추석
96 물컹한 묵
97 가을 앓다
98 가을 아침
99 유성(流星)

100 해설
육화된 고향의식과 부부애로
체득한 사랑의 아가(雅歌)
_윤형돈(시인)

1부

신성불가침

비밀 정원

산란하는 그믐밤에 그림내로 홀로 핀 꽃
바람의 웃음마저 별빛 고이 아로새겨
가슴에 안겨 주고 곱게 다져 안아본다

선잠을 걷어내어 물주고 보듬으며
마음을 갈아엎고 연정으로 맺은 인연
기억의 정원에서 흘레바람 나달거린다

*흘레바람 : 비를 몰아오는 바람

고백

이 손을 언제까지 잡을 수 있을까요
5년 넘게 삼시 세끼 청소에 빨래까지
미안한 달분 씨 고백
사랑해요 고마워요?

바람에 떨어지는 낙엽을 바라보며
제살을 떼어놓는 나무도 슬프겠다
아내가
내손에 힘주며
혼잣말로 중얼 거린다

고무신

현관에 신 벗으면 아버지가 생각난다
마지막 가시던 날 몸만 빠져나가시고
댓돌 위 대문을 향해 놓여있던 그 고무신

곰방대

아버지의 실루엣 달빛 속에 푸르던 밤
곰방대 재를 털며 기침소리 콜록콜록…
문지방 넘지 못한 채 하늘로 간 그 하얀 연기

가시를 품은 꽃

사막에서 건너 온
다육이 화분에
희망도 따라 왔다

고슴도치 가시가
제 살을 뚫고 나와
아내의 고통을 덜어준다

건조한 생의 줄기와 뿌리에
시원(始原)의 물을 저장하여
불타는 사랑,
선인장 꽃말을 피워낸다

꽃은 꽃이로되

부러진 꽃가지
흔들흔들
긴 긴 봄을 기다린다
균형 잃은 왼팔은
피사의 사탑으로 기울고

겨울과 봄의 경계에서
가시 돋친 바람이 분다

그래도 꽃눈에 움트는
아직은 살아야 할 이유

다시 쓰는 연서(戀書)

우린 밤에만 만나야 했다
유령이 춤추는 곳을 찾아다녔다
주변은 온통 어둠들 투성이

서로의 안면은 윤곽으로 스케치했다
감미로운 음성이 가슴을 적시고
들개처럼 컹컹 자정을 넘나들었다

별들이 놀라고 조각달이 움칫했다
소나기를 피해 상엿집에 숨어드니
목을 맨 노총각의 화상이 떠올랐다

상여 지붕 흰 천이 펄럭이며
귀신도 뒤섞인 우리를 어쩌지 못했다
욕망은 공포를 점령했기에

늦가을 서리에 한기를 느꼈지만
자정 넘어 축시까지 기다렸다
묘지 앞 상석은 더없이 따뜻했기에

별을 헤아리다 섞인 몸을 풀었다

신성불가침

그날은 비바람 몰아치는 밤이었네
그 곳으로 피한 게 잘못이었나봐
나는 처절한 예배를 잊으려 하네
희미한 동공에 별이 쏟아졌네
뇌성도 내 마음을 제어하지 못했네
모든 사랑은 피난처를 잃었네
우린 신성불가침에 대해 밤새 고민 했네
나 그녀의 입술연지를 훔쳤네
입술이 파르르 떨렸네
일곱 번째 계명은 내 성전에 없었네
나 그 교회를 잊으려네
이 세상에 그 같은 사랑은 없네
그토록 사무친 내 사랑

*기형도 시인의 그 집 앞을 패러디 함

눈물 만두

아내가 울고 있다
아파서 우는 것은 아닌 것 같다

설날 아침부터 왜 울까
그냥 운다
소리 없이 운다
떡 만두 국 앞에 놓고 운다
나는 알 것 같아 말하지 않았다
침묵이 흘렀다

“만두 때문에 울지요?”
아내에게 물었다
말없이 고개만 끄덕였다
“만두를 보니 친정어머니 생각이 나요.”

며칠 전, 수필가 누님이 선물한 만두,
밀가루 반죽에 무슨 소를 넣었기에
저리 맛있어 울까
“만두 빚는 언니 수필가 손이 고마워서요.”
가슴에 고인 고마움
설날 아침에 눈물 만두를 먹는다

못 된 놈

싱싱하고 푸르른 오월의 나무처럼
젊음이 넘쳐나는 중학교 총각선생
갑자기 부친의 사망 전보를 받았습니다

교실을 뛰쳐나와 가슴 치던 불효자
생전에 아버지의 음성이 들려왔습니다
'아들아! 네 각시 보고 죽으면 한 없겠다.'

아버지 이장하며 유골에서 못 고를 때
가슴에 커다란 못 박은 못 된 놈입니다
땅 치고 통곡해 본들 죄인 일 뿐입니다

수원 평화의 비(碑)

모욕에 멍든
꽃봉오리여
새롭게 피소서

꽃신 신고
나비처럼 환생하소서

여기
오가는 가슴들이
대대로 지켜가리

*수원시청 88공원

손자 걱정

시금치 한 바구니 이고
시장에 나온 할머니
금방 비라도 내릴 듯
먹구름 모여들고
시금치 팔지 못하면 어쩌나
근심 그늘이 얼굴을 덮고

찬밥처럼 방에 남아
아무리 천천히 숙제를 해도
안 오시는 할머니 기다리며
배추 잎 같은 발소리 타박타박
귀를 모아 듣고 있네
어둠은 무서움으로 스미고
창틈으로 고요히 빗소리 들리고
혼자 엎드려 훌쩍거리는 빈방

*기형도 시 「엄마걱정」 패러디

할머니의 계급장

업어주고 안아서
키워준 우리손자

오늘은 대한민국
육군 장교 임관식

할머니에게 계급장
달아주고 "충성!"

우린 그렇게 좋아했다

화선지에 먹물 산 그림자 내리고
저녁밥 짓는 연기 그렁한 마을에서
우린 그렇게 소 닭처럼 만났다

암탉이 소를 보며 마당을 나오던 날
시골 교회 재정부장인 소는 되새김질로
병아리 색 원피스 하나를 품어 두었다

턱밑에 돌던 암탉의 아담한 높이를
가슴에 걸쳐보고 엉덩이를 가늠했다
여러 날 기다려준 선물이 되기 위하여

유채 꽃 흐드러져 물오른 그 저녁에
원피스 고쳐 입은 암탉이 소죽을 쑨다
둘은 서로에게 좋은 먹잇감이 되었다

내가 잘했던 일(天幸)

세월호 참사를 생각하면
가슴이 불덩어리가 된다
용감한 누군가가 있었다면
꽃 한 송이라도 건졌을 아쉬움

32세 중학교 교사 시절
수학여행 인솔책임자인 나는
마지막 8호차 버스에 타고
속리산 말티재를 넘는 순간,

앗! 급브레이크를 잡았다
맨 앞에 앉은 나는 왜요?
기사가 겁에 질렸다
차가 가드 레일에 걸리고
오른쪽 앞바퀴가 허공에

내려다보니 7대 버스가
뱀 길을 내려가고 있어
우리 차가 구르면 모두가
마지막이 될 판이다

겁에 질린 학생들이 일어서
앞 쪽 출입문으로 몰릴 기세
중심이 앞으로 쏠리면
버스가 내리구를 판이다

얏! 꼼짝 마
뒤 창문을 깨고 학생 하나하나
하차시켜 위기를 모면했다

용기가 인솔한 그날,
천애의 벼랑 끝에서
수학여행은 천행이었다

*노트 : 보은 속리산 수학여행 길에서

바람에 흔들리는 꽃잎처럼

그 사람 보고파
추녀 밑에 서서
길 건너 미장원 마칠 때를
기다려야 했던

오늘처럼 비 내리는 밤
머리 손질하는 그녀 창을 엿보며
칠흑 어둠 속 언제 떠날지 몰라
화장실도 못 갔던 못난이
그런 멍청이 숨죽이던 사랑

거세지는 빗줄기 속
지붕 우산 챙겨 들고
창가 그림자에 얼비치는
바람에 빛깔처럼
내 맘 흩어져 설핏하다

007 사랑

별들도 외로워
반짝반짝 이야기하고
바람에 흔들리는
구절초가 유혹하는 저녁
들길과 산길을
들개처럼 쏘아 다닌 사랑

손금을 들여다보듯
잘 알고 지내는 마을
소문이 두려워 아무도 오가지 않는
시간과 장소 찾아다니며
들꽃에 맺힌
이슬을 털어 내던 사랑

숨기려 애를 썼던
비밀 아지트가 발각되어
간첩신고로 횃불 든 경찰 수색에
폐광 속 움집에서
들통 나고 만 007 사랑

떠날 때는 말없이

바람 난 시골 총각선생 시절
주머닛돈 탈탈 털고 빌리고
휴대용 소니 전축을 샀다

현미의 떠날 때는 말없이
허스키에 취한 노을 바라보며
나지막 읊조리던 여 저음 목청

파도소리 철썩이는 천수만
해당화 붉게 피는 백사장
서툰 놀림으로 춤을 추었지

시절인연의 끝
떠날 때는 말없이 어디선가
이봉조의 색소폰 소리
가버린 사랑, 떠나간 사람

2부

적진에 깃대를 꽂고

씨(種)의 서사

민들레는 달빛에 반사되어 늦은 밤이 출렁거렸다
씨를 가진 것은 씨방을 위하여 목숨 걸기 일쑤다
코밑에 뽀송한 사춘기 솜털마저 솔깃해질 무렵,
들녘에 알곡 익는 소리가 뒤주 안에서 들려왔다
농사일에 지친 아버지의 한숨과 해수 끓는 소리가
생솔가지 타는 연기 하늘에 꼬물거리던 밤
단칸방 아랫목엔 네 형제가 굴비 엮이듯 잠들었다
그날따라, 근력의 아버지는
또 한 번 호미질로 야간 경작을 하셨을까
맞다, 다섯째 막내가 어미 밭에서 출토되었다
다리 밑에서 주워 온 놈치고 실하게 생긴 '바로 그 놈'

언젠가 두 분은 다시는 살지 않을 것처럼 죽도록 싸웠다
빨래터에서 아버지 속옷은 그날, 죽도록 두들겨 맞았다
오일장에 가시는 아버지 등에 핀 화해(和解) 연기를 보고
어머니는 아버지를 허벌나게 기다렸다
광목 치마 다려 입고 동백기름 가르마 타고 기다렸다
노을 진 언덕 목덜미에 미루나무 그림자는 내리고
된장찌개 보글보글 끓어 사립문 밖 들락거렸다
이윽고 헛기침 소리와 등장한 아버지의 지게

행주치마 입에 물고 들어간 밥상에는
은비녀와 동동구리무가 들려 나왔다
보리밭 출렁이고 미루나무 부엉이는 덩달아 울었다
등잔불이 가물가물 이부자리 들썩 들썩
문풍지 파르르 떨림은 그냥 떨림이 아니다
갓 뽑은 무청처럼 아버지의 그 밤은 몹시 푸르둥둥했다

가시선인장 꽃

모래땅에 기생하는 가시선인장의 혓바늘이 설전음을 고른다
겨울나무 빈 하늘엔 바람이 할퀴고 간 조각달이 걸려있고
방충망에 걸린 달빛섬유가 지나온 길을 아프게 교직하고 있다
모래폭풍이 운반한 퇴적층의 사구(砂丘)가 바람언덕을 오를 때
낙타는 붉은 해를 붙안고 유혈인 줄 모른 채 가시 풀을 먹는다

겨울 달

시래기 바람이 서걱대는 소리에도
속이 까맣게 액정으로 타들어 간다

양말 발바닥이 발등에 오르도록
왼발 오른발 끌고 다니는 아내

낮처럼 뒤집어쓴 밤잠을 설치니
얼음덩어리 찬밥 같은 이내 심사

황톳길

전화 속 목소리 들으며 살았는데
우울증에 시달려 떠났다는 그 소식
가슴엔 지구본 큰 구멍이 뚫렸다

마지막 이별하던 장항선 삽다리역
눈감으면 보이나 잡지 못한 사람
유채꽃, 황톳길 따라 꿈으로 찾아온다

동박새

달콤한 꿀 생각에
꽃술에 입 맞춘다

간밤의 폭풍으로 흩어지는 동백꽃
애끓는 붉은 자리 발밑에 바스러져

붉은 피
뚝뚝 떨어지는
4·19 함성이여

붉은 동백

누군가를
보고 싶어 미치도록
울어본 일이 있나요

동백꽃
애타는 사랑
혹한에 더 붉은 가슴입니다

이내 떠난다는
한마디 기별도 없이
통째로 떨군 모가지처럼

동박새 한 마리
쉽게 누운 자리만
흙으로 덮습니다

적과의 동침

독산성에 포로가 되었다
3박 4일 뼈와 살이 타는
'적의 밀정으로
날 고문한 것은
네가 정말 처음이다'

이불속에 가둔 채
끈질기게 동침을 놓았다
발버둥 칠수록
옥죄는 힘은 더했다

식음을 전폐하고
섣달그믐부터 병신년 초이틀까지
온몸에 열꽃이 피도록
신열을 앓았다

중매쟁이

소심한 남자가 백사장 모래밭에
'친구야, 사랑 한다' 크게 썼다
그 여자가
보기도 전에
파도가 지워버렸다

정성을 쌓으며 좋아했지만,
파도가 또 모래성을 부셨다
그날 밤
'자기야, 사랑한다' 더 크게 썼다
여자가 보기 전까지
성은 무너지지 않았다

파김치

모텔 앞 백반 식당에서 아침식사를 했다
여주인이 묘한 웃음 지으며 상차림을 한다

모텔 쪽에서 젊은 남녀가 들어왔다
몹시 지친 모습이 영락없는 그 꼴이다

타원형 접시에 파김치를 놓으며
젊은 남녀를 보라는 듯 고갯짓을 한다

접시 침상에 누운 전라(全裸)의 진경(眞景)
파의 아랫부분은 엉켜서 미끌탕이다

남녀는 파김치처럼 지쳐 보이고
파김치는 남녀를 담그느라 지쳐 보이고

주모가 눈총으로 내 머리를 쪼아 댔다
온몸의 피돌기가 아랫도리로 팽창했다

또 다른 중년이 파김치 담그러 간다

적진에 깃대를 꽂고

아침밥을 짓는 내게
아내가 다가와 엉덩이를
툭툭 쳤다

아내가 묘한 웃음을 지으며
"여보! 우리 연무동 살 때
사십대 중반부터 십여 년
참 재미있게 살았지."

그때 난 고지를 탈환한
점령군처럼 적진에 깃대를 꽂아
확실하게 영역 표시를 했나 보다

꽃 사월의 별

푸성귀 돋던 봄날
목련나무 그늘 아래서
하늘의 별 헤아리며
우린 별 사탕을 삼켰다

사랑은 별리를 낳고
별을 잉태한 목련은
꽃바람 속으로
별 팝콘을 터트린다

가구리 617번지

고향의 고샅길엔 누렁이가 컹컹대고
방과 후 운동장엔 조잘대는 참새 떼
행여나 그가 찾을까 막연히 기다린 날

인적 없는 봄밤 벚꽃 길을 걸으며
꽃처럼 피어나는 하늘의 별을 보고
별 사탕 나누어먹던 둘만의 꽃사랑

어릴 적 식목일에 심었던 벚꽃나무
그 자리 그대로 아름드리 섰는데
나 홀로 길손 되어 주위를 서성이네

봄바람을 볶나 봄

아내 밥상을 차릴 때마다
눈치를 살피는 입장이 되었다
복잡해진 머릿속이 창밖 벚꽃에 머문다

황태 양념을 만들었다
고추장 2큰 술, 참기름 1큰 술, 대파 다진 마늘
물엿, 매실 청, 깨소금 뿌려 달달 볶았다
봄바람도 곁들였다
산수유와 벚꽃이 자기도 넣어 달라 아우성이다
주인공 황태포를 넣고 양념을 입혔다
전골냄비가 춤을 춘다
덩달아 가스불도 출렁인다
"봄날은 간다."
노래도 불렀다
매콤하고 달달하다
통깨로 데커레이션을 했다

그런데
다 된 황태 요리를 앞에 놓고도
밥알을 헤아려 먹는 모습이 얄밉다

아이코! 고마워라

저녁식사 후
아내 손잡고 산책했다

옆 동에 사는
시인을 만났다

여보! 코끼리 만두
사장 詩人이에요

아내가 지난번 만두 김치
맛있게 먹었습니다
감사합니다

돌아서 가는 내 등을
통통 두드리며
아이코! 고마워라

女子 입장에서
아내 살피는
내가 고마웠나 보다

봄날

처음 듣는 새소리다
어미 새가 제 새끼 먹이를 주고
토담 양지 녘에 새움이 돋을 무렵
같은 반 오학년 가시내가 좋았다
단발머리에 꽂은 나비 핀
박 꽃 하얀 웃음
그 기집애 때문에
꿈 깨지 않으려 몽롱해졌다
주머니 속 누룽지를 주지 못해
안달복달 누룽지가 되었다
수탉처럼 주변을 맴돌았다
그해 봄은 거저 오지 않았다

남편의 자리

부부로 연을 맺어 한평생 산다는 것

아내를 간병하며 밥하고 빨래하고
설거지 구정물에 괴로운 주부습진
울려고 내가 왔던가 웃으려고 왔던가
사랑은 괴로운 것 고통은 서러운 것
결혼식 혼인서약 묵계(默契)로 약속하고
이제와 못 살겠다고, 누구에게 탓하랴
부부는 일심동체 두 몸이 한 맘 되고
연리지 나무처럼 백년을 해로하며
당신의 팔베개 천년만년 살고 지고

경험의 스승

"바다로 뛰어내려!" 그 외침 한마디가

지금도 명치끝 에이는 가슴 저림, 팽목항 기우는 세월호 속 아비규환을 생각한다. 젊은 교사시절 속리산 수학여행 귀교 길 말티재를 넘고 있었다. 1-7호차는 굽은 길 내려가고 마지막 8호차가 고개 정상에서 급정차를 했다. 맨 앞 우측에 앉았던 난 운전기사를 보았다. 새파랗게 질린 얼굴로 선생님! 선생님! 큰일 났어요 왜요? 가드 레일을 받고 우측 바퀴가 공중에 떠있었다. 길 아래는 7대의 차가 내려갔다. 차가 구르면 대형 사고다. 당황한 학생들이 모두 일어섰다. 앞 출입문으로 몰려들 기세다. 순간 나는 "얏! 꼼짝 마! 기사 아저씨, 그대로 서 계세요. 연장통 어디 있나요." 턱으로 가리켰다. 망치로 맨 뒤 창문을 깼다. 앞에 학생 하나하나 뒤창으로 내리게 했다.
'경험'이란 위대한 스승이 많은 생명을 구했는데, '세월호'는 재연되지 않는다.

詩人의 아내

아내와 함께
콩나물 해장국 먹으러 갔다

아내는 맵지 않은 맛
나는 매운맛을 주문했다

식성의 자유를 누리는
행복한 나라의 아침이다

빗줄기가 굵게 내리는
창밖을 보았다

"여보! 왜 나뭇가지가
춤을 출까요

심술 진 바람의 손이
흔들고 있네요"

아내도 詩人을
닮아 가나보다

詩

우리가 주고받는
이야기들은 詩가 되었다

하늘에 올라 별이 되고
바다에 떨어져 산호가 되고
풀밭에 숨어
벌레 울음이 되었다

어느 날인가
반딧불이가
詩를 데리고
어디론가 가버렸다

여승

성탄제 전야는 이불속에 발을 묻고
부채꼴로 누워서 캐럴 송을 부르며
마음 속 여인에게 합장으로 보시했다

순수하고 맹목인 묘령의 사춘기라
꽃피는 봄밤이 고뿔처럼 앓아 눕고
얄궂은 첫 만남은 연민으로 남았다

산사에서 마주친 인연의 탁발 여승
세모난 고깔 아래 낯이 익은 그 눈길
우는 듯 웃는 듯 들켜버린 첫사랑

3부

城은 생명의 문

둥지

풋보리 일렁이는 오월
산 그림자도 외로운
들길 모퉁이를 돌아서
둘만의 바구니를 틀었다

보리 이삭 패기 전
보리 순을 가르마 타
쪽진 머리 올리면
달과 별이 소곤댔다

어와 둥둥
사랑이 사랑을 품을 때
종다리는 곁에서
뽀릉뽀릉 알을 품었다

엄마, 엄마 울 엄마

산봉(山峯) 같은
엄마 등에 업혀
곤히 잠들 때

찔레 순 꺾어
어깨너머 주시면
한 움큼 그러쥔
엄마 자장가

찔레꽃
하얗게 웃는
아련한 향기
보고픈 얼굴

씨(種)의 서사 2

한여름 날 아버지가
척박한 땅에 뿌리내린
잡초를 뽑고 계셨다

쇠비름 머리채를 잡고
호미로 땅을 찍고 찍었으나
쇠비름은 땅을 잡고
절대 놓아주지 않았다

마치 아버지와 쇠비름이
힘겨루기라도 하듯
호미자루에 침을 바르고
다시 또 찍고 당겼으나
머리채가 잘려도 막무가내였다

잘린 쇠비름의 줄기에서
맑은 피가 흘러나왔다
승부를 내야 하는 힘겨루기
당기고 찍기를 여러 번
쇠비름은 하는 수없이
축구공만 한 흙을 달고 뽑혔다

자세히 살펴보니
파인 호미 등 넘어 흙속에
씨앗 몇 알 낚아채고
땅을 놓아준 것이었다

아내의 바다

베란다에 앉은 아내가
출렁이는 파도를 보고 있다
바다는 언제나
아내를 품고 있다

첫 시집 제목을
'아내를 품은 바다'라 했다
다음은 '아내의 하늘'
또 다음은 '아내의 대지'
아내가 내 안의 우주다

바다를 좋아하는 아내는
멸치볶음 황태찜 고등어 통조림
바다 반찬을 좋아한다

분리수거 통조림 깡통이
수거차에서 떨어져
아스팔트에 굴렀다
아이들이 놀이터에서
깡통 축구를 한다

아이들 웃음소리가
캔 안으로
파도처럼 밀려왔다
아내 품은 바다와 하늘과 땅이
그녀 가슴으로
한꺼번에 밀려왔다

첨밀밀

온 산야가 발정이 났다
팝콘처럼 꽃잎이 터졌다
은밀한 씨방 열어
벌 나비를 유혹하더니
꿀벌은 밀원에서 단 꿀을 땄다
살맛나는 세상도 잠시
왕탱이 호박벌
말벌 떼의 습격이다
여왕벌은 일벌 살리려고
승방 대들보로 이사하고
스님은 달콤한 꿀 생각에
말벌 습격을 부채로 기절시킨다
다시 살아난 말벌이
이번엔 꿀벌을
대침으로 쏘아버린다
어느새 개입한
딱새의 주선으로 여왕벌과 말벌은
불가침 조약에 평화협정을 맺는다
잘될까 괜한 걱정으로
벌집을 건드리고 뛰어간다

겨울 지나 봄

겨울이 지나면
봄이 오고
꽃이 피고
우리가 있기도 했다

또 눈 내리는
겨울 오고
다시 봄이 와
꽃이 피어도

거기에 나만 있었다
거기에 너만 없었다

城은 생명의 문

사람마다 城이 있다
침입을 막기 위하여
닫혔고 높였고 협곡이 있으며
노출되지 않도록 가렸다

은밀한 곳에 있고
외부의 강압적 침략에는
목숨을 걸고 지켰다

때가 되어야 열렸고
아는 이를 받아들였고
믿음이 있어야 맞이했다

성 안에서 자라
성 밖으로 나왔으며
性의 안과 밖
줄탁동시
생명은 알을 깨고 나온다

2인 5각

연리지 맞잡은 손
따뜻한 2人 5脚
애정에 힘줄이 솟는다

샤프란 데이지가
산책길에 인사한다
“데이지야 반갑다
어제 내린 비로 화장한 너
웃는 얼굴 예쁘구나.”

시인은 시인하는 사람
아내도 오늘은
부인 아닌 시인

–지팡이 짚은 아내와 팔짱끼고

밤에 홀로 먹는 밥

누가 야식이라 했나
노동에 지친 저녁
허기를 메우는 밥
밤에 먹는 찬밥은 시리도록 외롭다
평생 먹어도
물리지 않는다고 위로하지 마라
세상 밖
모퉁이로 밀려
여울져 가는 길에
누가 혼밥이라 했나

시인의 아내 2

손잡은 데이트 길
수줍은 아내 얼굴
귀엣말 엿듣는 산나리 꽃
소곤소곤 황혼녘 산책길

"산나리야, 반갑구나 여우비에 세수한 너
방실대는 네 얼굴 참으로 예쁘구나."
내 안의 아내여, 오늘은 시인이 되자

육지고도

정작 자신이 너무나 잘 알고 있는 흠
그 흠결 때문에 사람들 속에 있으면서
육지 안에 외로운 섬,
무인도에 홀로 있다는 생각을 한다

전과자

보릿대를 좌우로 눕힌 범인이
누구일까

푸줏간 덕칠 아저씨와
건너 마을 삼식이 총각이
나를 보며 손가락질 했다

간밤의 순이와 나는
하늘의 별을 까먹었다
보리밭 고랑에 별 껍질이
깜부기처럼
수북하니 쌓여갔다

내장산 기차

앞산 모퉁이를 돌아 달려오는
기관차가 숨 가쁜 언덕을 오르며
검은 연기 수묵화를 그리고 간다
산등성이 아가리 진입한 객차는
야금야금 내장 터널로 소화되고
산 자들의 기적(汽笛)이
바나나 긴 똥을 누는 시간,

화통소리는 내연을 데리고
지게 짐 부리는 아버지의 잔등 너머
해수(咳嗽) 소리 온 집안에 가득하다

아버지 가슴에 기차가 있어요

아버지 평생 지게 짐을 졌어요
언덕 올라가는 화물차 같아서
긴긴밤
휴 호르르 휘
힘겨워 숨 고르는 소리

아버지 가슴 속에 기차가 있어요
석탄 연기가 콧속에서 모락모락
한밤중
푸푸 쉬쉬 휘
내연(內燃)이 끓는 소리

아내 걱정

아파트 모서리를 걷는
저녁 바람이 시원하다
땅을 재듯 걷는 아내
보건소 게시판 앞에 섰다

기형도의 詩가 적혀있다
‘열무 삼십 단을 이고
시장에 간 우리 엄마
안 오시네, 해는 시든 지 오래
나는 찬밥처럼 방에 담겨
아무리 천천히 숙제를 해도
엄마 안 오시네’

“해는 시든 지 오래”가
무슨 뜻이냐 아내에게 물었더니
‘열무가 시들었다.’고 답해 웃었다
맞다, 시든 건 열무와 해와
그리고 우리 노부부 사이

예고 없이 찾아오는 것들

발밑에 바가지도
예고 없이 찾아오는 당황에
부서지는 날이 있다

거미줄에 걸린 나방이
교통사고로 떠난
아기엄마를 문상할 때
저들의 신발은 또
미지의 문턱을 넘는다

'진리는 따르는 자가 있고,
정의는 이루는 날이 있다'
도산의 칼날이
예고 없이 찾아와
방망이질 하는 날에

*도산 안창호

무지개

하늘 궁창을
떠도는
신비의 먹구름이

한 줄기
머뭇거림을
후려치며 지나간다

청산 위
일곱 개의 등잔
자벌레를 닮았다

노각

뙤약볕에 익어가는
명태 마른 손으로
쪽파 대파 호박잎 상추 뒤집으며
채소 주눅 드는 더위를
부채로 쫓고 있다

찰거머리 가난
좌판 푸성귀의 수분이
노각처럼 늘어진다
40.3℃의 폭염 뉴스

*노각 : 늙어서 색깔이 노랗게 된 오이

유년(幼年) 기행

코끝 솜털 얼음 매달고
덜컹거리며 달려온 차바퀴
산등성이 낯익은 비포장도로에
우마차의 소잔등 힘껏 후려치며
집으로 향하는 아이들
초가지붕 저녁밥 연기에
하루의 고단함이 잦아든다
옥수수 대공들의 부대낌은
가마솥 쇠죽으로 끓고 있고
주름진 아버지 이마에
맺혀진 불씨들의 너울이
매서운 눈바람을 쓸어내고
아궁이에 타다 남은 재들이
혼 불되어 노닥이는 시간,
피곤은 밤새 이부자리 틀어
등 언저리가 따숩다

4부

밀물처럼 썰물처럼

파종(播種)

쇠비름의 머리채를 잡고
호미로 땅을 찍으며 실랑이한다
쇠비름은 땅을 잡고
놓아주지 않는다

마치, 힘겨루기라도 하듯
호미자루에 침을 발라
다시 찍고 당기기를 수차례
머리채가 잘려도 땅을 놓지 않는다

잘린 쇠비름의 줄기에서
끈적한 피가 흘렀다
승부를 가려야 하던, 타협을 하던
쇠뿔은 단숨에 뽑으라 하였던가
이마에 땀이 송골송골 맺히고서야 쇠비름은
축구공만 흙 한 덩이를 달고 나왔다

파인 호미 등 너머로
씨앗 몇 알 떨어트리고
땅을 놓아주었다
외줄기 바람이 달려와
빈 가슴 휑하니 뚫고 간다

가시나

햇살 가득한 쟁반에
옥구슬 구르듯 까르르
터지는 웃음소리
달팽이관이 돌아 눕는다

금방 낚아챈 버들치처럼
푸드덕 호들갑을 떤다
톡톡 쏘는 철부지 말투
장미가시처럼 따가운데

겨울벽난로 앞에 앉은 그녀
화끈한 열기에
고구마 빛으로 익은 얼굴

내 마음 한복판으로
유년의 나비가 날아든다

*가시나 : "계집애"의 경상도 사투리

자연인

보름달 물끄러미
허공을 재본다

여기서
계수나무까지
거리 재는 자벌레처럼

그래야
한 뼘 거리인데
초야에 묻혀
헛꿈을 꾸었구나

사춘기

잠결에 보았네 달빛 받은 빗살문
봉곳한 이불 山 천천히 들썩들썩
멍멍이 마루 밑에서
목에 걸린 ?표를 토한다

옥수수

새벽에 여자 PT 수건 하나 챙겨 들고
옥수수가 기다리는 빗길을 달려갔다
입원실 밖으로 반쯤 내민
옥수수가 웃는다

내가 왜 왔는지 잘 알고 있다
욕탕 샤워 꼭지 아래서 벗겼다
알몸이 나올 때까지
옥수수를 벗겼다

보이지 않으려 등 돌려 구부린 알몸
이제는 아이처럼 떡하니 드러낸다
수줍음 많던 새댁이
늙은 옥수수 이빨이다

아내의 하늘

아내의 하늘 아래 살기로 작정하고
밥하고 빨래하고 하루가 힘들지만
시루떡 팥고물처럼 행복이 씹힌다

개 같은 날의 산책

어스름 폭염 피해
아내와 산책한다
강아지 끌어안고
산책 나온 사람들
밤하늘
가로지르는
유성을 바라본다

컹컹 컹 개가 짖어
화들짝 놀랄 때
강아지 여주인 말
“뽀삐 님, 놀랬어요?”
노부부 왈,
“개만도 못한 것들”

마지막 7월의 여명

풀벌레 울음마저 진공에 가둔
여명의 고요가 깊다하니

대나무 고통은 마디마디
함초롬 이슬로 빛나라

소음이 정적을 먹어치운
머릿속 혈류가 선잠을 깨우고

쓰다가 구겨버린 편지를
다시 펼쳐 읽는 심사라니

붉은 심장에 찍힌 낙인은
지우지 못하는 고뇌라서

여름밤에 뒤뚱거리다

후끈후끈
물미역처럼 늘어진다

한 끼 밥은 먹지 않아도
아가의 발 떼기가
지팡이에 뒤뚱거린다

아파트가 아픈 초승달
올빼미의 시선들
앞에 걷고
뒤따르며 부채질하는 나

지나치는 할매, 할배
젊은 한 쌍 눈초리
등 뒤에 꽂혀도
두 그림자는 말이 없음

기다림

빈집에 벗어 놓은 신발

이사 갈 때 버려진 액자 속
흑백 사진들

신문지로 때움질한
벽지에 흐른 녹물 얼룩

주춧돌 밑에 핀 채송화
누굴 기다리나

누룽지

하얀 밥을 짓다 보면
같은 솥 안에도
희생의 제물이 있다

같은 신분이지만
일부는 제 살이 타들어 가도록
맨 밑바닥에서
수백 도의 열을 견뎌야 한다

양반 같은 쌀밥은
노른자위처럼
가운데를 차지하고
천민은
맨 밑바닥에서
천덕꾸러기로
들볶였다

쌀독 밑바닥을 긁는
소리가 나던 날
아침밥상에

보이지 않던 어머니
부뚜막에 앉아
가마솥 밑창을 긁어
허기를 채우고 계셨다
아,
누룽지 같은 그 분

소라의 함성

시계를 거꾸로 돌려 보면
우리 주변의 모든 사물들이
아주 큰 사건이 닥쳐옴을
큰 소리로 외쳤는데도
우린 알지 못했네

고고학자들은 생물의 화석이나
퇴석층을 분석해 수억 년 전의
지구 나이와 사건을 알 수 있다는데
세월호가 인천항을 출발하던 날
하늘의 별도 바다도 바람도
팽목항의 비극을 우리에게
큰 소리로 알렸으나 우린 몰랐네

바다 속 소라 고동이
나팔수처럼 팽목항에 큰 사건이
일어난다는 것을 경적으로 울렸는데
우린 듣지 못했네
개흙 속을 뒤지던 전복도
모래 속에서 신방을 꾸미던 바지락도

소라의 외침을 들었으나
우리는 아무도 몰랐네

여객선 위를 날던 갈매기도
세월호가 평형수를 빼고
화물의 바벨탑을 하늘 높이 쌓는 것을
지켜보며 통곡 했다네
노량진 시장에 잡혀온
소라껍질에 LP레코드 바늘을 대고
들어보니 소라의 함성이 울렸다네

촛농

톡 톡 톡!
성탄 전야 수줍어 타전한
발가락 통신을 아시나요?
설산을 헤매던 두 남녀가
산사 여관에 들면
순한 짐승으로 화할까요?
눈 내리는 밤은 하얗게
삭정이 타는 냄새로 지새렵니다
주기도문과
백팔번뇌의 합장으로
내 안의 검붉은 악마를 잠재워주세요
아, 그날 밤
겨울바람이 흔들고 간
문풍지의 떨림이
촛농처럼 녹아내린 걸
벌써 잊으셨나요?

집터

탱자나무 풀숲에서 흰나비 나풀나풀
주추 밑 채송화가 반갑게 마중하고
어머니 기도소리는 돌무덤을 쌓는다
사각사각 밟히는 사금파리 낮은 음계
집터처럼 빈 가슴에 마른 갈잎 구르고
노을이 붉게 물든다, 활처럼 굽은 등에

밀물처럼 썰물처럼

밀물이 몰밀어 오는
만선의 기쁨으로
가슴이 부푼 명절

현관에 벗어 놓은 신발들이
참새 떼처럼 시끌벅적하다
외로운 두 켤레가
새끼 쳐 온
크고 작은 신발들

손꼽아 기다리던
객지의 식솔들이 모여
풋밤처럼 선잠 설치고
밥 한두 끼 먹고 떠났다

미안한 마음에선지
기어들어 가는 목소리로
"아버지 용돈 조금 넣었어요."
봉투를 놓고 떠난다

병든 아내와 남은 집안
풀어진 옷고름
동여매지 못한 가슴이
물 빠진 갯벌처럼 쓸쓸하다

사춘기 2

초등학교 6학년 여자 부반장을
혼자서만 엄청 좋아했지

개울물이 밀어내는 물살처럼
허벅지에 힘을 느끼는 나이였나봐

그 아이를 볼 때면
손안에 월척 붕어를
잡은 듯이 힘이 불끈 솟았다니까

추석

햇볕 좋은 아침
아내와 산책을 한다

하늘은 푸르고
햇살은 따뜻하고
바람도 시원하다

욕심을 버리고 싶다
마음 안에
채소밭 몇 평 생긴다

물컹한 묵

살점이 익어가는 불볕을 참아가며
배불뚝이 종자를 만삭으로 끌어안고
이 가을, 출산의 날을 기다리누나

양수 터지기 전 발차기로 두들겨
진물이 흐르고 살가죽이 터진다
참을 수 없는 씨알부터 서두르나니

탱탱하게 만져지는 물컹한 추억들
입안을 자극하는 씁쌀하고 떫은 맛
물컹한 묵이 풀어져 비정한 묵사발

가을 앓다

황혼녘에
찾아오는
노란 현기증의
붉은 산

가을 아침

아내 손잡고 걸어가는 길

노란 국화꽃이 '놀자' 하고
보라 국화꽃이 '보라' 하며
자주 국화꽃이 '자주 오라' 한다

저만치 하얀 국화꽃 옆을
지나는 길손 '국국국' 참다가
이내 '쿡쿡'거리고야 만다

유성(流星)

아내의 하늘에 떨어진 빛줄기 하나가
황량한 벌판에 떨어진 풀씨가 되었다

해설

육화된 고향의식과 부부애로 체득한 사랑의 아가(雅歌)

윤형돈(시인)

육화된 고향의식과 부부애로 체득한 사랑의 아가(雅歌)

윤형돈(시인)

어느 날, 서랍에서 육필로 적은 글을 발견하였다. 20여 년 전 고교 제자에게 행한 의례적인 주례사였다. 결혼한 부부가 일심동체가 된다는 것은 자기를 버리고 상대방 속에 사는 것, 즉 아내는 남편에게 복종하고 남편은 아내를 사랑하라는 원론적인 내용이었다. '일체가 된다는 것'은 실천적인 사랑과 신뢰에 의해 완성되어 가는 과정이니 참 어렵다. 남편은 아내를 연약한 질그릇처럼 깨지지 않도록 잘 다루고 보살펴 주어야 한다고 했지만, 나는 아직 제대로 실천하지 못했다. 부부애夫婦愛는 거저 생겨나는 게 아니기에 그렇다. 일전에 '나는 왜 문학을 하는가?'란 물음에 대해 김도성 시인은 '문학은 내 인생의 사랑입니다'라고 명쾌히 답하신 걸 읽은 적이 있다. 미상불, '사랑'이란 두 글자에

인생의 명운命運을 걸고 그는 온몸으로 투항하듯 아내 사랑을 실천한다. 부부애로 체득한 사랑의 아가雅歌다. 그러나 그 사랑의 질감을 어떻게 표현할 것인가 단순 표기가 아니라 마음의 속무늬를 드러내야하기에 시인의 고민은 깊다.

자고로, 문학이란 삶에 관한 것이다 삶의 총체적인 것을 다루어야 하므로 어떠한 분야도 수용해야 하지만, 특히 시의 경우는 '감동성'을 외면할 수 없다. 감동은 작자의 발언에 의해 세상이 동의하는 방식을 택한다. 논리적 설득이기 보다는 정서적 감화라 할 수 있다 세상에 동의를 얻어내지 못한 발언은 얼마나 적막할 것인가 따라서 시의 고민은 어떻게 작품 속에 감동성을 회복시킬 것인가의 문제로 귀결된다. 그러면 김도성 시인의 경우는 어떤가?

작자는 새벽 아침마다 꾸준한 테니스 체력을 바탕으로 시 창작 교실을 전전하며 꾸준한 연마를 거듭한다. 본래 수학교사였던 시인이 처음엔 다듬지 않은 원목의 거친 호흡으로 서각에 글씨를 새기듯 투박한 질감도 없지 않았다. 그러나 부단한 노력 끝에 아호인 무봉霧峰의 일상은 점차 안개 속을 헤쳐 나가는 상상력의 투명한 공간으로 자리 잡았다. 여기서 아내를 간병해야 하는 특수한 개인의 삶이 겹쳐지면서 작가의 고민은 더욱 깊어졌다. 다음 시에서는 지금까지 유독 일상적인 삶의 체험을 중시하던 그의 시선이 자연이란 물상物像에 주목하고 있다. 시의 원형인 시조의 비율과 배음도 들려온다.

산란하는 그믐밤에 그림내로 홀로 핀 꽃
바람의 웃음마저 별빛 고이 아로새겨
가슴에 안겨 주고 곱게 다져 안아본다

-하략-
–「비밀 정원」 중에서

시조풍의 율격을 담고 빚어낸 이 시는 시인이 무의식적으로 관행적인 직유에 천착하다 실로 오랜만에 은유의 참맛을 깨닫고 쓰여진 나름 '득도得道의 시'로 보여진다. '산란하는 그믐밤, 그림내, 바람의 웃음'이란 용어부터가 은유와 암유의 속내를 한껏 뿜어내고 있기 때문이다 얼핏 빛의 산란散亂 현상처럼 마음이 심란하고, 어수선하고 뒤숭숭한 이유는 '보고 싶은 사람'을 일컫는 '그림내'로 이는 '홀로 핀 꽃'에서 연유한다. 월견화인가? '보고 싶은 사람'의 정서가 홀로 핀 꽃에 전이轉移되었다. 부디 그러하기를 소망하는 바람의 기미조차도 별빛에 아로새겨 시인은 자신의 가슴에 그 꽃을 안아주고 싶어 한다. 이 모든 설렘과 기대는 시인만이 홀로 출입하는 '비밀 정원'이 있기에 가능한 ' 꿈 사위'인지도 모를 일이다.

무봉霧峰 시인이 지금까지 1,2권의 시집에서 다룬 언어체계를 통해 정리하고자 했던 것은 시의 본령인 소위 '상상력의 형상화'보다는 경험의 소산인 사실 묘사에 치중한 면도 없지 않았다. 그러나 그 기술 내용은 얼마든지 건강하고, 인간답고, 의미

있게 쓰여져 풍요로운 시적 자산이 되고도 남았다. 경험의 재구성이란 차원에서 앞으로 허다하게 노출되는 시적詩的 장면에서는 반드시 '은유적 사고'를 차용할 필요가 있다. 밖으로 드러난 현상을 암묵적으로 결합하고, 동일시하고 싶은 욕구를 은유(隱喩, metaphor)라는 도구를 통해 새로운 개념으로 파악해 주는 사고과정과 학습과정이 요구됨은 물론이다. 지나친 사실 묘사로 '죽어버린 은유'를 숨은 비유로 되살리는 묘미를 체득한다면 마침내 이미지로 생각하고 그림을 그리듯 시를 쓰는 경지에 이를 것이다.

이 손을 언제까지 잡을 수 있을까요
5년 넘게 삼시 세끼 청소에 빨래까지
미안한 달분씨 고백
사랑해요 고마워요?

바람에 떨어지는 낙엽을 바라보며
제 살을 떼어놓는 나무도 슬프겠다
아내가
내 손에 힘주며
혼잣말로 중얼 거린다
고마워요 사랑해요

–「고백」 전문

오래전 몸의 균형이 무너진 아내를 위해 '남편 주부'를 자처한 시인에 대해 아내인 달분씨는 늘 고맙고 고맙다 '이 손을 언제까지 잡을 수 있을까요' '사랑해요 고마워요' 5년 넘게 삼시 세끼 식사 챙겨주기와 청소, 빨래, 산책 등 모두기 미안하기만 한 달분씨, 아내의 새삼스런 '고백'에 비감의 연민이 서린다. 바람에 떨어지는 낙엽을 보며 '제 살을 떼어놓는 나무도 슬프겠다' 말하는 아내는 어느새 시인이 다 되었다. 그러면서 '잡은 손 언제까지 놓지 말아요 고마워요 사랑해요' 혼잣말로 고해하듯 되뇌인다. 현실과 이웃한 달처럼 둥근 아내가 항아姮娥처럼 곱기만 하다

지금 당신 곁에 있는 그 사람, 당신과 이런저런 인연을 맺고 있는 그 사람은 나에게 사랑의 기회를 주기 위해서 하늘이 보낸 천사다. 하늘이 보낸 천사인 아내를 극진히도 사랑하는 남편 시인도 오직 사랑의 힘에 의해서만 살아가고 있는 아내의 수호천사라는 생각이 든다. '내 손에 힘주며' 혼잣말로 중얼거리게 만드는 천사의 고백은 '고마워요 사랑해요'

현관에 신 벗으면 아버지가 생각난다
마지막 가시던 날 몸만 빠져나가시고
댓돌 위 대문을 향해 놓여있던 그 고무신

—「고무신」 전문

아버지의 부음訃音을 들은 날, 시인은 가슴을 치며 통곡했다. 아버지의 평생소원인 아들의 각시를 못 보여드린 불효자의 탄

식으로 울었다. 이제와 만시지탄晩時之歎한들 소용없는 노릇이 되었다.

아버지, 유복자에겐 아버지가 없다. 미당의 애비는 종이었다. 사르트르는 아버지의 不在에서 정체감의 장애를 겪었다. 이순원의 『아들과 함께 걷는 길』은 대관령 꼭대기에서 내려오면서 할아버지댁 까지 걸어가며 이런저런 부자간의 이야기를 나눈다. 시인의 아버지가 떠난 날은 댓돌 위 '고무신'만 덩그러니 남아있었다. 그것도 '대문을 향해 놓여있던' 어디론가 금방 나설 것만 같던 아버지, 현관에 신발 벗을 때마다 그 생각이 절로 났다는 시인의 아버지는 마음의 목록에서 쉽게 사라지지 않는다. 그 아버지 덕에 보릿고개에도 밥을 굶지 않았고, 한 여름날 잡초 뽑는 아버지는 쇠비름의 머리채를 잡고 호미로 땅을 찍고 계셨다. 노 시인도 이제 머잖아 아버지를 만나러 가면 검정고무신을, 어머니에게는 예쁜 꽃신을 선물로 가져갈 것 같다.

아버지의 실루엣 달빛 속에 푸르던 밤
곰방대 재를 털며 기침소리 콜록콜록…
문지방 넘지 못한 채 하늘로 간 그 하얀 연기

-「곰방대」 전문

아버지의 신화는 계속된다. 한 가정의 기둥이며 가장이고 아이들의 정신적 버팀목이었던 아버지, 아들에게는 가장 바람직한 미래의 자화상이었는데, 어느 날 갑자기 뒷모습을 보이시는 아버지는 형편없이 초라한 몰골로 틀니를 끼고 계셨다. 그 옛날 시인의 아버지는 입에 곰방대를 물고 의연한 풍모를 띠고 계셨다. 긴 대통에 담뱃잎을 넣고 피우시던 파이프 담배는 그대로 낙엽 타는 냄새가 진동하면서 바쁜 농가 일손 뒤로 잠시 달콤한 여흥의 휴식을 피워내셨으리라. 달빛 속에 깊고 푸른 밤을 '곰방대 재를 털며' 가끔은 '기침소리 콜록콜록' 인생이란 가뭇없는 연기 속에 재를 남기고 떠나셨다. 시인에게 '곰방대'를 문 아버지의 모습이란 채 이승의 '문지방을 넘지 못한' 영원한 자화상의 얼굴로 기억된다.

겨울 정원에 수목들이 꽃과 잎을 피우기 위하여 아린芽鱗에 감싸여 추운 계절을 잘도 견뎌 내듯이, 관찰과 사색, 꾸준한 습작으로 날마다 한 걸음 한 걸음 정진해야 한다. 박경리는 몸이 쑤시고 아파야 글이 나온다 했으며, 헤밍웨이는 하루에 연필 8자루 닳도록 필사하는 노력을 감행했다고 하지 않은가? 이처럼 가혹한 시 쓰기의 연단은 임사체험이나 임종연습과 다름 아니다. 기왕 몸담은 것인 만큼 필사적인 자세로 운명처럼 수용해야 한다.

김도성 시인의 경우, 시작詩作 행위는 나날의 소신공양燒身供養에 해당한다. 몸과 마음을 바쳐 있는 힘을 다해 쓴다. 한 편 한 편의 시에 시인 자신의 등신불等身佛이 들어있다. 파란만장한 교직을 마감하고 자유의 몸도 잠시, 일흔 넷 되던 해, 시인의 아내는 돌연 뇌경색으로 쓰러진다. 그 후유증으로 마비 증상이 왔고 언어 장애와 치매 위험도 높아졌다. 그러니 당장 일

거수일투족 남편의 돌봄과 관리가 따라야하기에 간병을 시작한다. 그의 시편 곳곳에 등장하는 아내의 존재는 그의 작품 전체를 관통하고 있다. 지극 정성으로 살펴주고 곁에 있으면서 간병일지를 쓰듯 시상詩想을 가다듬는다. 외로울 때, 슬플 때 시가 됨을 홀로 터득한다.

사막에서 건너온
다육이 화분에
희망도 따라왔다

고슴도치 가시가
제 살을 뚫고 나와
아내의 고통을 덜어준다

–「가시를 품은 꽃」 중에서

시인은 아내가 쓰러진 이후부터 모든 사물에 아내의 얼굴이 투영된다. 눈길 닿는 대로 떠오르는 안사람 생각이 이번엔 다육이 식물에 머문다. 선인장처럼 생긴 다육이는 앙증맞은 화분에 넣으면 공기정화에 그만이고 번식력도 좋다. 내부에 물을 저장하고 있기 때문에 다른 식물에 비해 통통한 외관을 자랑한다. 잎이 두툼하고 예쁜 '창성미인'을 볼 때마다 한 손이 마비된 아내를 생각하게 된다. 다면체의 다육이는 잎을 떼어내도 지장 없이 뜯긴 상처에 새살이 돋고 '고슴도치 가시가 제 살을 뚫고 나와' 제발 가라고 아주 가라고 노래하듯 아내의 고통을 덜어주는 희망도 보인다.

긴 긴 봄을 기다린다
균형 잃은 왼팔은
피사의 사탑으로 기울고

겨울과 봄의 경계에서
가시 돋친 바람이 분다

-중략-

그래도 꽃눈에 움트는
아직은 살아야 할 이유

— 「꽃은 꽃이로되」 중에서

봄은 바라봄의 법칙이다 뒤틀린 아내의 봄은 뇌경색으로 마비된 왼팔이 마치 '피사의 사탑처럼' 기울어졌다. 그러나 봄을 기다리는 이유는 분명하다. '균형 잃은 왼팔'이 건강한 '다육이'처럼 '창성미인'이 되어 다시 원 위치로 돌아오는 것이다. 아내의 계절은 지금 혹독한 겨울이기 때문에 그 겨울과 봄의 경계에서 시인은 겨울나기의 노래, 생명의 찬가를 부르고 싶다. 그러나 내 속엔 내가 너무 많아서 때론 당신의 쉴 곳, 당신의 쉴 자리를 내가 무시로 빼앗을 때도 많으니 어찌하랴! 바람이 불어오되, '가시 돋친 바람이 분다.' 그러나 봄의 산야에 꽃눈이 움트고 다시 꽃이 피는 걸 보면 내 비록 가시 눈물을 흘릴지언정, 아직도 살아야 할 이유는 충분하구나!

시인은 자주 자신의 시편詩篇 곳곳에 소설처럼 적나라하게 묘사된 육계향의 첫사랑을 언급한다. 그것도 패도 한 놈만 팬다는 식의 우직하기 이를 데 없는 초지일관의 풋사랑을 개선장군의 전리품처럼 나열한다. 어느 시대나 진정한 문학은 근원적인 원죄原罪 의식을 안고 있었다. 그리고 性이 눈뜰 무렵엔 누구나 청춘의 에덴동산에서 금기의 선악과를 따먹고 자주 후회하고 또 즐거이 회상하기를 좋아한다. 그 상대가 지금 아내가 되었든 아니든 그것은 그다지 상관없는 한때 젊은 날의 초상이다. 성인을 이해하기에는 아직 미숙하지만, 민감한 감수성으로 모든 것을 받아들이는 이 시기엔 성숙한 사랑의 복잡한 본질에 갈등하며 성장통成長痛의 아픔을 통과의례처럼 치르게 되는 것이다. 봄날 아침의 뇌우雷雨 같은 첫사랑이 충청도 사나이 가슴을 강타했다.

우린 밤에만 만나야 했다
유령이 춤추는 곳을 찾아다녔다
주변은 온통 어둠들 투성이

서로의 안면은 윤곽으로 스케치했다

감미로운 음성이 가슴을 적시고
들개처럼 컹컹 자정을 넘나들었다
별들이 놀라고 조각달이 움칫했다
소나기를 피해 상엿집에 숨어드니
목을 맨 노총각의 화상이 떠올랐다

상여 지붕 흰 천이 펄럭이며
귀신도 뒤섞인 우리를 어쩌지 못했다
욕망은 공포를 점령했기에

늦가을 서리에 한기를 느꼈지만
자정 넘어 축시까지 기다렸다
묘지 앞 상석은 더없이 따뜻했기에

별을 헤아리다 섞인 몸을 풀었다

–「다시 쓰는 戀書」 중에서

'말없이 건네주고 달아난 차가운 손, 가슴 속 울려주는 눈물 젖은 편지'의 낭만 연서를 기대했다가는 큰 오산이다 소나기를 피해 상엿집에 숨어들고 상여喪輿 지붕에 만장輓章이 펄럭이는 가운데 귀신도 어쩌지 못할 서로의 욕망을 뒤섞는가 하면, 자정 넘어 축시丑時를 기다려 공동묘지 상석에 누워 사랑을 나눴다고 하니 가히 고대 괴기 연애소설을 읽는 듯 오싹하기 이를 데 없다. 하긴 그 좁은 시골 지역에서 마을 사람들의 소문이 무서워 눈을 피해 자행한 도피성 연애 행각이었을 것이다. '주변은 온통 어둠들 투성이'에 '들개처럼 컹컹' 쏘다니며 '목을 맨 노총각의 화상化像'도 떠올랐다니 극한의 공포도 불타오르는 욕망의 혀를 싹둑 제거하지는 못하였다.

축시는 오전 1시에서 3시를 가리킨다. 그야말로 모두가 잠든 시간에 무덤에서 나온 신랑과 월하미인이 나누는 극한의 연애 스캔들이 따로 없다. 소설적인 서사 구조에서 육계향의 관능적인 요소가 모락모락 피어나는 이유다. 그렇다면 여기서 남녀상열지사男女相悅之詞인 연애란 것도 생로병사의 과정으로서만 아름다운 것일까 자문하게 된다. 이같은 행위는 다음 '신성불가침'의 처절한 예배의식으로 패러디화하며 이어진다.

그날은 비바람 몰아치는 밤이었네
그 곳으로 피한 게 잘못이었나봐
나는 처절한 예배를 잊으려 하네
희미한 동공에 별이 쏟아졌네
뇌성도 내 마음을 제어하지 못했네
모든 사랑은 피난처를 잃었네
우린 신성불가침에 대해 밤새 고민 했네
나 그녀의 입술연지를 훔쳤네
입술이 파르르 떨렸네
일곱 번째 계명은 내 성전에 없었네
나 그 교회를 잊으려네

이 세상에 그 같은 사랑은 없네
그토록 사무친 내 사랑

–「신성불가침」 전문

*기형도 시인의 '그 집 앞'을 패러디

패러디(parody)란 특정 작가의 문체를 모방하여 익살스럽게 변형하거나 개작하는 수법으로 쓰여 진다. 작가는 여기서 기형도 시인의 '그 집 앞'을 개작시문改作詩文으로 지었다. 시의 모든 행이 '~네'의 어미로 끝난다. 사랑이 실패로 끝난 체념의 중얼거림이다 90년대 쓰여 진 최고의 연애시란 찬사를 받았다는 바로 '그 집 앞'이다. 모든 것이 나의 잘못이었지만, 모든 사랑의 뒤끝은 언제나 후회가 남는다. 쓰라린 상처가 작렬하는 것이다. 기억이 오면 도망치고 싶을 정도로 민망한 과거사過去事다. 다시는 돌아오지 않는다 해도, 이 세상에 같은 사람, 같은 사랑은 없다. 화자는 '신성불가침'의 영역인 교회로 잠입하여 예배 대신 젊음의 특권인 연애의 장엄한 의식을 치른다. 이것은 신성모독인가? 우리 인간의 욕망은 언제나 통제 불능이며 알 수 없는 에로스의 힘에 이끌려 무저갱의 나락으로 떨어지기 일쑤다. '간음하지 말라'는 일곱 번째 계명도 그들에겐 아무 소용이 없다. 그러나 어이없게도 모든 사랑은 피난처를 잃었다. 시인은 미친 듯이 사랑을 찾아 헤매었으나 단 한 번도 스스로를 사랑하지 않았다고 절로 탄식할 수밖에 없는 상황까지 간다. 다시는 돌아오지 않고 재현될 수 없는 '그토록 사무친 내 사랑'은 고통의 추억으로 울다가 어느 날 비수가 되어 나를 찌를지도 모르는 데, 참으로 살갑고 섬뜩한 사랑이다.

아내가 울고 있다
아파서 우는 것은 아닌 것 같다

-중략-
며칠 전 수필가 누님이 선물한 만두,
밀가루 반죽에 무슨 소蔬를 넣었기에
저리 맛있어 울까
"만두 빚는 언니 수필가 손이 고마워서요."
가슴에 고인 고마움
설날 아침에 눈물 만두를 먹는다

—「눈물 만두」 중에서

설날 아침부터 '아내가 울고 있다' 아파서 우는 것은 아닌 것 같은 데 계속 청승맞게 소리 없이 운다. 알고 보니 별 것도 아닌, 떡만두국을 앞에 놓고 불현듯 친정어머니 생각이 났는지 모르지만, 정작 우는 이유는 다른 데 있었다. 며칠 전에 만두를 선물해 준 수필가 언니의 손길이 고마워서 운다는 것이었다. 아뿔싸!

부부로 산다는 것은 무엇일까? 부창부수夫唱婦隨는 부부 사이의 화합하는 도리를 일러주지만, 서로 기댈 수 있는 어깨가 되어주는 배려, 사소한 일에도 아픔을 고백하고 나누는 것, 사랑하는 사람에게 아픔을 덜어 주는 것이리라! 그녀의 작은 어깨를 토닥여 주는 것으로 시작하여 야윈 어깨 뒷모습을 유심히 관찰해 보면 불쑥 연민의 정이 일어나기도 한다. '눈물 만두'의 의미는 부부로 산다는 것의 참의미를 깨닫게 해준다. 소중한 나만의 인연과 함께 할 수 있다는 것만으로도 매일매일이 축복이어야 할 부부생활이다. 그러나 현실이 꼭 그렇지만은 아니지 않은가? 수많은 갈등과 고민, 역경을 넘어 서로가 존재의 근거가 되어 주고 원하는 사람이 되어주는 기쁨, 그리고 끊임없이 서로를 재발견하는 수고, 함께 있어도 가끔은 외로운 서로를 보듬어 주는 것, 부부의 인연이란 참으로 오묘하고 소중한 것이다. '가슴에 고인 고마움'으로 '설날 아침에 눈물 만두를 먹는다'. 이를 지켜보는 시인은 아내의 눈물을 유발하는 만두 속엔 대체 무슨 소蔬가 들어있을까 궁금하다

싱싱하고 푸르른 오월의 나무처럼
젊음이 넘쳐나는 중학교 총각선생
갑자기 부친의 사망 전보를 받았습니다

교실을 뛰쳐나와 가슴 치던 불효자
생전에 아버지의 음성이 들려왔습니다
'아들아! 네 각시 보고 죽으면 한없겠다.'

아버지 이장하며 유골에서 못 고를 때
가슴에 커다란 못 박은 못 된 놈입니다
땅 치고 통곡해 본들 죄인 일 뿐입니다

-「못 된 놈」 전문

자식들은 누구나 부모 가슴에 못을 박은 '못 된 놈'들이다. 불효자는 오늘도 지구 한 모퉁이에서 '못 된 못'을 박는다. 일단 박고 나면, 휘어진 못을 뽑기란 여간 어렵지 않다. 못이 뽑혀져 나온 자리는 또 여간 흉하지가 않다 고백성사를 한다한들, 못 자국이 유난히 많은 가슴은 평생을 두고 후회하며 통회 자복하며 살아가야 한다. 아직도 뽑아내지 못한 못 자국 하나가 쓰윽 하니 고개를 내어 밀 때, 불효자는 꺼이꺼이 만시지탄의 눈물을 흘리지만, 때는 이미 늦었다. 부모는 세월을 기다려 주지 않고 효도할 시간을 주지 않는다.

어느 날 벼락같이 부모의 부음訃音을 들을 때, '교실을 뛰쳐나와 가슴 치던 불효자'는 허전하고 밑동이 빠져버린 존재의 슬픔을 가누기 어렵다. 살아생전 아버지의 소원은 단 하나, '아들아, 네 각시 보고 죽으면 한없겠다' 아들이 결혼하여 아들놈의 어여쁜 색시를 보고 생을 마감하는 것이었는데 그 소원을 끝내 못 들어드린 자식의 마음은 찢어진다. 그래서 아버지의 못 다 이룬 소원에 보답이라도 하듯 시인은 지금 병든 아내를 더 극진히 보살피며 곁을 지키고 있는지도 모를 일이다. 내가 박은 못과 내게 박힌 못, 내가 받은 상처와 남이 받은 상처가 '못'으로 묶여 하나가 되는 순간이다. '아버지를 이장하며 유골에서 못을 고를 때,' 시인은 절망한다. 나는 '아비 가슴에 커다란 못 박은 못 된 놈입니다' 매년 봄이면 뜰 안 화단에 보랏빛 꽃이 아침 햇살을 받고 밝게 웃는 모습으로 피어난다. 각시붓꽃의 꽃말처럼 오늘 좋은 '소식'이 오려나보다

평소 김도성 시인의 지론은 '사람은 말이다'란 간단한 화두話頭다. 말은 그대로 그 사람의 인품을 나타내는 척도이니 허언이나 거짓말을 함부로 하는 사람은 결코 믿을 수 없다는 것이다. 우리 주변엔 거짓말을 해도 죄의식이 없으며 거짓말을 덮기 위해 거짓말하는 위선과 가식의 무리가 넘쳐난다. 한편, 김시인은 다른 사람에게 자기의 경험담을 들려주고 싶어 하는 심리적 욕구를 가지고 있다. 이 세상을 떠난다 해도 오래 남을 수 있는 글, 남에게 감동을 줄 수 있는 글쓰기의 필요성을 인지한 그는 늦깎이 시 공부를 시작한다. 제대로 쓰고 있는지 애를 먹을 때마다 대학에서 공부할 기회가 주어진다면 문창과를 공부하고 싶다고 고백한다. 오랜 교직생활을 하면서 줄곧 수리적인 사고를 요하는 수학만을 가르쳤기에 그에겐 시를 쓴다는 행위가 나침판 없이 항해하는 것과 같다는 생각을 하게 된다고 답답함을 토로한 적이 있다. 그리고 그 시인만이 갖는 고유한 시어가 독자에게 감동을 줄 수 있다는 생각을 늘 하게 된다. 누구나 쓸 수 있는 '무우' 같은 밍밍한 시어가 아니라 심산유곡을 뒤져 찾아낸 심마니의 '산삼'과도 같은 시어의 필요성을 절감하는 우리 시대의 노시인이다. 그렇다, 글쓰기는 우리가 지금 있는 방에서 좀 더 인

간적인 방을 찾아가는 것이다. 그 곳에 가면 모든 것이 달라진다. 물그릇 속에 젓가락이 휘어져 보이는 것처럼. 이 세상 모든 의미 없는 것들에게 의미를 되찾아 주는 시인은 神이 버려둔 일을 대신하는 '신의 대리자' 역할이 아닐까?

모욕에 멍든
꽃봉오리여
새롭게 피소서

꽃신 신고
나비처럼 환생하소서

여기
오가는 사람들이
대대로 지켜가리

–「수원평화의 비(碑)」 전문

수원시청 앞 88공원에 가면 독립지사 임면수 선생 동상이 우뚝 서 있고, 평화의 소녀상도 오롯이 앉아 지구의 안녕과 평온을 지켜보고 있다. 추운 겨울이면 누군가 털모자를 씌워주기도 하고, 이른 봄엔 익명匿名의 꽃 한 송이 정성으로 놓고 가기도 한다. 일제 강점기 위안부 소녀들의 넋을 기리는 아름다운 모습들이다 '모욕에 멍든 꽃봉오리'들에게 바치는 짤막한 헌시다. 채

피워보지도 못하고 스러져 간 꽃다운 生일랑 '새롭게 피소서' 기원하는 마음이다. 지나는 사람마다 시인의 마음으로 '꽃신 신고 나비처럼 환생하라'고 기도한다. 다함께 '나의 살던 고향은 꽃피는 산골' 합창해 보자고 떠나온 고향, 먼 하늘을 쳐다본다. 전운이 감돌 무렵에 소녀들은 적삼치마에 검정고무신을 신었다. 나비처럼 훨훨 날아다니며 정신없이 놀 나이에 고무신이 벗겨진 채 짐짝처럼 끌려가 총칼 군홧발에 짓밟혔으니 그 얼마나 슬프고도 얄궂은 운명인가! 이름 모를 정글의 오지로 끌려가 유린당할 때, 이를 악물고 몸을 봉해도 능욕을 일삼으니 입에 총칼을 물고 죽은 목숨을 살아야 했다. 그렇다면 애국지사들이 그토록 열망하던 동양평화와 위안부 문제는 온전히 해결되었는가? 끝내 사과하지 않는 저들을 향해 시인은 행간 곳곳에 못다 씻은 치욕과 울분을 절제하며 비참한 시대가 자아낸 동질의 아픔을 삭여내고 있다. 그러나 '여기 오가는 사람들이 대대로' 증인으로 평화의 소녀상을 지켜 가리라!

업어주고 안아서
키워준 우리 손자

오늘은 대한민국
육군 장교 임관식

할머니에게 계급장
달아주고 "충성!"

–「할머니의 계급장」 전문

김 시인에겐 딸만 셋이다. 아버지 살아생전 그렇게 고대하던 각시가 여식女息만 셋을 생산한 것이다. 그러나 은근히 기대하던 아들 걱정은 손자가 대신 보상해 주고 있다. '오늘은 대한민국 육군 장교 임관식' 날, 업둥이로 키워주고 안아준 손자 녀석이 이제는 어엿한 장교가 되어 기우뚱 몸이 불편한 '할머니에게 계급장'을 달아준다. 그리고는 충성! 힘찬 거수경례를 올린다. 대견한 손자새끼를 보고 할매, 할배 두 눈에서 눈물이 그렁그렁 맺혔을 성싶다.

가족이란 무엇인가? 그것은 지어미가 자식을 낳고 자식이 그의 자손을 거두어 그래서 피와 살이 엉긴 탯줄의 고리가 문지방에서 땅 끝까지 달려가 어디서나 안심하고 회전목마를 타는 것이다. 아, 내 유년의 아침 마루에서 듣던 할아버지의 기침 소리마저 살아있는 것들의 알갱이, 존재의 울림으로 거듭나고 있구나!

세월 호 참사를 생각하면
가슴이 불덩어리가 된다
용감한 누군가가 있었다면
꽃 한 송이라도 건졌을 아쉬움

32세 중학교 교사 시절

수학여행 인솔책임자인 나는
마지막 8호차 버스에 타고
속리산 말티재를 넘는 순간,

앗! 급브레이크를 잡았다
맨 앞에 앉은 나는 왜요?
기사가 겁에 질렸다
차가 가드 레일에 걸리고
오른쪽 앞바퀴가 허공에

-중략-

얏! 꼼짝 마.
뒤 창문을 깨고 학생 하나하나
하차시켜 위기를 모면했다

용기가 인솔한 그날,
천애의 벼랑 끝에서
수학여행은 천행이었다

–「내가 잘 했던 일(天幸)」 전문

시인은 1972년 서울 모 여중에서 교편을 잡고 있을 때, 2학년 학생들을 인솔하여 보은 속리산 수학여행 길에 오른 적이 있다.

여기 경험담은 시와 서사의 경계를 허문 내용으로 구성되어 있다. 무릇 서사는 서술적 이야기체로 어떤 사건이나 상황을 시간의 연쇄에 따라 여과 없이 있는 그대로 기술한 것이다. 본문에서 특별히 시적인 용어는 발견되지 않는다. 유독 눈길을 끄는 것은 '천행'이란 단어다 시인의 감각은 물론 바늘 끝에 있을 만큼 예리해야 한다. 어느 때는 시적 오만과 자존이 그의 전 재산이다. 그러나 이 절체절명의 순간에 무슨 은유와 상징이 필요할까? 일촉즉발의 위기상황에 시적 담론은 잠시 경계의 사슬을 푼다. 사슬 대신 서술의 수갑을 채워 그날의 보고서를 메모한다. 오래 오래 기억할 수 있고 잘 견뎌내려면 머릿속에 간단명료한 목록이 빼곡하게 들어차 있어야 하듯이.

그날의 수학여행 길에 다가온 위험천만한 벼랑 끝에서 "얏, 꼼짝마!" 이 한마디가 아이들을 살렸다. '용기가 인솔한 그날'은 '천애의 벼랑 끝에서' 구출해 낸 천행天幸의 행운과 天行의 운행이 가져온 여행길이었다. 만인의 슬픔으로 기억되는 '세월호 참사를 생각하면' 시인은 지금도 '가슴이 불덩어리가' 되어 의분에 떤다. '용감한 누군가가 있었다면'의 가정은 명량 울돌목 해전에서 승리한 이순신과 아들의 대화에서도 묻어난다.

"아버님, 울돌목의 회오리를 이용하실 생각을 어찌 아셨습니까?" "흠, 그것은 천행이었다."

시의 에너지원은 세속이다. 평범한 일상에 공포 같은 것이 언뜻언뜻 내비치는 것이 좋다. 알 듯 말 듯 끝내 모르는 이야기, 어떤 보상도 희망도 없고 언제나 막막하고 답답한 그 자리가 좋다.

모래땅에 기생하는 가시선인장의 혓바늘이 설전음을 고른다. 겨울나무 빈 하늘엔 바람이 할퀴고 간 조각달이 걸려있고 방충망에 걸린 달빛 섬유가 지나온 길을 아프게 교직하고 있다. 모래폭풍이 운반한 퇴적층의 사구(砂丘)가 바람언덕을 오를 때 낙타는 붉은 해를 붙안고 유혈인 줄 모른 채 가시 풀을 먹는다

–「가시 선인장 꽃」 전문

'천행'의 직선적인 시와는 대조적으로 '가시 선인장 꽃'에서는 극명한 비유와 사유의 공간을 시 행간 곳곳에 배치하고 있다. 기생寄生, 혓바늘, 설전음, 달빛 섬유, 교직, 퇴적층, 사구沙口, 유혈 등 등장하는 시어들 자체가 묵직한 시의 뿌리를 회임懷妊하고 있는 형국이다. 사실, 느닷없이 변신에 변형을 가하니 솔직히 무슨 의미인지 쉽사리 와 닿지는 않지만, 마지막 행에 '낙타는 붉은 해를 붙안고 유혈인 줄 모른 채 가시 풀을 먹는다' 한 귀에서 느껴지는 비애감은 그래서 결국 나약한 인간은 정신적 위안慰安의 시에 의탁할 수밖에 없는 '시적 운명'의 기운을 감지하게 된다. 시의 화자는 이를테면 스스로 도망가지 못하게 제 몸을 꽁꽁 묶어 제 새끼가 뜯어먹도록 하는 염낭거미(포식거미)와 같아야 한다고 하지 않던가 말이다. 그 꽃의 노랫말은 아직도 '가시처럼 깊게 박힌 기억은 아파도 아픈 줄 모르고 그대 기억이 지난 사랑이 내 안을 파고드는 가시가 되어 제발 가라고 아주 가라고 애써도 나를 괴롭히는 데' 말이다.

들녘에 알곡 익는 소리가 뒤주 안에서 들려왔다
-중략-

언젠가 두 분은 다시는 살지 않을 것처럼 죽도록 싸웠다
빨래터에서 아버지 속옷은 그날, 죽도록 두들겨 맞았다
오일장에 가시는 아버지 등에 핀 화해(和解) 연기를 보고
어머니는 아버지를 해 넘기도록 기다렸다
광목 치마 다려 입고 동백기름 가르마 타고 기다렸다
노을 진 언덕 목덜미에 미루나무 그림자는 내리고
된장찌개 보글보글 끓어 사립 문밖 들락거렸다
이윽고 헛기침 소리와 등장한 아버지의 지게
행주치마 입에 물고 들어간 밥상에는
은비녀와 동동구리무가 들려 나왔다
보리밭 출렁이고 미루나무 부엉이는 덩달아 울었다
등잔불이 가물가물 이부자리 들썩 들썩
문풍지 파르르 떨림은 그냥 떨림이 아니다
갓 뽑은 무청처럼 아버지의 그 밤은 몹시 푸르둥둥했다

–「씨種의 서사」 중에서

한 알의 씨앗이 땅에 떨어진다 어떤 씨는 길가에 떨어지고, 어떤 씨는 돌밭에 떨어지고, 어떤 씨는 가시떨기 위에 떨어지고, 어떤 씨는 좋은 땅에 떨어진다. 길가에 떨어진 씨는 새들이

와서 먹어버렸고, 흙이 얕은 돌밭에 떨어진 씨는 싹이 나오나 뿌리가 없으므로 말라버렸고, 가시떨기 위에 떨어진 씨는 가시가 자라서 기운을 막아버렸고, 좋은 땅에 떨어진 씨는 싹이 돋아 무럭무럭 자라나 꽃도 피고 열매도 맺는다. 이처럼 '씨 뿌리는 비유'를 통해서도 알 수 있듯이 '종의 기원'은 진화에 대한 생각을 담은 이론이다 생물들 사이에서 살아남기 위해 생존경쟁을 해야 한다는 사실, 환경에 잘 적응한 것은 살아남고, 그렇지 못한 것은 도태되었다.

시인의 아버지는 어머니에게 잘 적응했다. 오형제 중 둘째로 태어난 시인은 양질의 양분을 공급받고 두 분의 보호기능 아래 비교적 단단한 종피種皮에 둘러싸여 살았다. 사랑은 정직한 농사라고 했던가? 아버지의 수고로 '들녘에 알곡 익는 소리가 뒤주 안에서 들려왔다.' 살지 않을 것처럼 죽어라 싸우다가도 오일장이 되면 아버지는 어머니께 줄 화해의 선물인 '은비녀와 동동구리무'를 사 오신다. 그러면 그날 밤은 여지없이 '보리밭이 출렁이고' '등잔불이 가물가물'거리는 가운데, 무청 뽑은 아버지의 밤은 '푸르둥둥' 날 새는 줄 몰랐다.

그렇게 '종種의 기원'대로 한 알의 밀알이 땅에 떨어져 죽으면 많은 열매를 맺는 이치를 '씨種의 서사'가 잘 말해준다. 그 때 '대지의 어머니'는 참으로 행복에 겨워했으리라. 그 때 '대지의 노래'는 그치는 일이 없으므로, 모든 새들은 뜨거운 태양으로 힘을 잃으면 서늘한 나무 그늘 속에 들어와 편안한 쉼을 얻었을 것이다.

김도성 시인은 창간호 '아내를 품은 바다'에서부터 제2집 '아내의 하늘', 제3집 '아내의 대지'에 이르기까지 하늘, 땅(대지), 바다 삼면이 온통 '아내 사랑' '아내 걱정'에 대한 이야기들로 가득 채워져 있다 "아내가 내 안의 우주다!" 라고 그는 일찌감치 선언했다. 시인은 부부로 연을 맺어 한평생 사는 것을 묵계로 약속하고 연리지 나무처럼 백년해로하며 살기를 간절히 소망한다. 수족이 불편한 아내를 위하여 간병하고 빨래하며 설거지 구정물에 괴로운 주부습진을 경험하기도 한다. 그러면서 사랑은 괴로운 것, 고통은 서러운 것 따위는 한낱 시의 소재거리로 삼으며 요지부동 '남편의 자리'를 지킨다. 시인의 말대로 부부로 산다는 건 뿌리가 잘려도 뽑히지 않는 질경이의 삶이다.

시상의 원류原流는 대개 고향인 가구리 617번지에서 나온 육화된 사랑의 노래가 주류를 이룬다. 유년의 길목을 돌아본 '집으로 가는 길'에는 해거름이 늘어지고 풋보리가 일렁인다. 순수한 맹목의 첫사랑을 노래한 '여승女僧' 그리고 '적과의 동침, 파김치, 전과자, 적진에 깃발을 꽂고, 규화목이 된 사랑' 등에선 육계향의 본능이 꿈틀거리는 검은 정열을 노래한다. 무엇보다 역사적인 팽목항의 세월호가 기우는 아비규환 속에서 "바다로 뛰어내려!"한 마디 청천벽력의 아쉬움과 속리산 수학여행 길에서의 구조신호, '얏 꼼짝 마!'등의 용감한 외침은 그에게 '경험의 스승'으로서의 위엄을 더해주는 대목이다. 그 같은 대의大義의 불길은 아마도 매헌 윤봉길 의사의 '장부출가생불환丈夫出家生不還'에서 나왔음이 분명하다. '대장부 집을 떠나 뜻을 이루기 전에는 살아서 돌아오지 않는다.' 라는 사내대장부다운 기개가 철

철 넘치는 글귀는 시인의 심장을 뛰게 만드는 동인動因이 되고도 남았다.

사실, 절차탁마된 언어의 윤슬이 갑자기 빛나긴 어렵다. 아직은 얇고 떫은 맛이 나는 시어詩語의 속껍질은 애타도록 마음에 서둘지 말고 날마다 쉼 없이 벗겨내면 된다. 시인의 간절한 소망은 장차 젖과 꿀이 흐르는 약속의 땅인 '아내의 대지'로 진입하기 위한 수련의 과정이라 보아도 좋다.

더딘 손맛이 겸비된 장인匠人의 땀, 그가 틈틈이 행하는 서각書刻도 결국 자신의 내면을 심화시키는 과정에 불과했다 연륜이 빚어낸 짧은 詩의 깊은 맛처럼 대나무는 마디마다 생장점이 있다. 돋을새김 글씨에 죽순竹筍이 돋는 걸 목도目睹하면서 그는 날마다 시를 짓고 또 새긴다. 이미 너무 시적詩的인 것은 시가 안 된다고 하지 않았던가! 이 말은 그에게 큰 위로가 된다.

안양의 김대규 시인은 "아버지 사랑해요!"라는 말은 첫마디가 가장 힘들다고 했다. 시인에겐 무궁무진한 시적 자산과 소설적 서사敍事의 질량이 두고 온 고향의 들판에 질펀하게 널려있다

지금껏 그가 쌓은 언어의 바벨탑은 기껏 방언시放言詩에 지나지 않을지도 모른다. 그래서 신의 비의秘儀를 묵상하는 일이 시나브로 시인의 '우주적 미래'로 다가오는 까닭이다.

그러면서 영원한 산책 동지로서의 아내와 수시로 동네 어귀를 거닐며 황혼의 길벗을 자처하는 시인. 그렇게 서로가 주고받는 이야기 속에서 시인의 아내는 행복하고 자신의 아내도 어느덧 시인을 닮아가니 이보다 더 따뜻한 행복의 동행은 없을 것이다.

"요즘 아내 상태가 안 좋아 곁을 떠날 수 가 없네요."

얼마 전, 김 시인이 보내 온 안부 문자가 우울하다 그러면서 웬만해선 한시도 곁을 떠나지 않고 마음 졸이는 남편이 무한히 안쓰럽다. 하늘 궁창을 떠도는 신비의 먹구름이 걷히고 쌍무지개가 뜰 날은 과연 언제인가?

'내가 새 하늘과 새 땅을 보니 처음 하늘과 처음 땅이 없어졌고 바다도 다시 있지 않더라. 모든 눈물을 그 눈에서 씻기시매 다시 사망이 없고 애통하는 것이나 곡叟하는 것이나 아픈 것이 다시 있지 아니하리니 처음 것들이 다 지나갔음이니라.' 계시록 21장 말씀대로 아픈 아내에게 '새 하늘과 새 땅'이 어서 속히 도래하여 아픈 모습을 다시는 보지 않았으면 좋겠다. 처음 것들이 다 지나가고 새로운 피조물로 거듭나기를 '아내의 대지'에서 진심으로 기도할 뿐이다.

그러구러, 무봉 시인의 시창작법은 '곰방대에 모락모락 피어나는 아버지의 새 기운처럼' 날로 달로 진화하고 있어 천만다행이다.

아내의 대지

김도성 시집

발 행 처 · 도서출판 청어
발 행 인 · 이영철
영　　업 · 이동호
홍　　보 · 이용희
기　　획 · 천성래
편　　집 · 방세화
디 자 인 · 이해니 | 이수빈
제작이사 · 공병한
인　　쇄 · 두리터

등　　록 · 1999년 5월 3일
(제1999-000063호)

1판 1쇄 인쇄 · 2019년 6월 20일
1판 1쇄 발행 · 2019년 6월 30일

주소 · 서울특별시 서초구 남부순환로 364길 8-15 동일빌딩 2층
대표전화 · 02-586-0477
팩시밀리 · 0303-0942-0478

홈페이지 · www.chungeobook.com
E-mail · ppi20@hanmail.net
ISBN · 979-11-5860-662-6(03810)

본 시집의 구성 및 맞춤법, 띄어쓰기는 작가의 의도에 따랐습니다.

이 도서의 국립중앙도서관 출판시도서목록(CIP)은 서지정보유통지원시스템 홈페이지(http://seoji.nl.go.kr)와 국가자료공동목록시스템(http://www.nl.go.kr/kolisnet)에서 이용하실 수 있습니다.(CIP제어번호: CIP2019022865)